AU PEUPLE

Sapere aude; incipe.
Hor., liv. I, ép. 2.
Ose être sage; commence
à l'heure même.

PAR LE

Dr Ate LACÔTE

DE DUN-LE-PALLETEAU (CREUSE

A PARIS
CHEZ E. DENTU, ÉDITEUR
PALAIS-ROYAL, 17 ET 19, GALERIE D'ORLÉANS

A GUÉRET
CHEZ Mme Vve BETOULLE

1870

CHAPITRE PREMIER.

AXIOMES INDISPENSABLES.

I.

Citoyens,

Dans tout corps politique il faut trouver le mouvement et la vie, ce qui ne peut être qu'en chassant l'indifférence et en établissant la liberté, la justice, la gloire et la vérité.

Le tyran ne voit rien au delà de ses passions, de ses fantaisies, et, pour les satisfaire, il a des complices qui seuls ont droit à ses récompenses. Aussi les voyez-vous se liguer entre eux dans le but d'aveugler le peuple que la véri é ferait révolter.

Ces despotes ont pour maxime de donner des ordres qui ne doivent point trouver de *résistance,* et pour cela, l'autorité ne doit point reculer.

La *Patrie* ne peut exister sous les volontés d'un tyran. L'amour du bien public, la passion pour la vraie gloire, la grandeur d'âme sont étouffés sous les ordres d'un tel maître.

La justice peut-elle fonctionner sous le pouvoir fondé lui-même sur l'injustice, la violence et la déraison? Les lois, comme vous l'avez vu souvent, sont sans cesse ou éludées par adresse, ou violées ouvertement; elles sont obscures, pour être interprétées à la fantaisie d'un juge inique ; contradictoires et multipliées, parce que chaque caprice du maître ou de ses puissants, chaque intérêt en fait naître de nouvelles.

Sous un despote, les sciences, les arts, l'industrie, les talents, enfants de la liberté, absolument tournés vers des objets frivoles, ou un but le plus souvent inavouable, s'énervent et se dégradent en servant de vanité aux quelques hommes engraissés de la sueur du peuple.

Regardez les rois, les empereurs : n'ont-ils pas la folie de croire qu'eux seuls font l'État et que le peuple n'est destiné qu'à servir leurs fantaisies et leurs caprices? Ils parlent toujours en vous considérant comme leur appartenant de corps, et même d'esprit, car la liberté de penser leur fait horreur; ils l'étouffent avec une fureur brutale. Ils n'accordent les honneurs et les récompenses qu'à des brigands subalternes qui partagent avec eux les dépouilles de la classe indigente et laborieuse, en un mot, du peuple.

Aussi la distance énorme qui existe entre les classes des citoyens actuels fait que toutes les idées de morale, de justice et de prospérité, se trouvent renversées. Quelle honte!

En effet, c'est une honte. Vous n'êtes pas sans avoir vu ces temps derniers, que des hommes ont placé leur gloire à devenir les instruments serviles des iniquités de l'*homme de Sedan*, et ceux qui ont été le plus habiles dans l'art d'écraser le peuple, ont obtenu les hautes positions, les honneurs et les récompenses. Le mérite basé sur la vertu et le talent les aurait fait rougir.

Il fallait renoncer à toute probité pour parvenir à la fortune et suivre le torrent général qui entraîne vers le crime.

L'histoire entière vous démontre qu'aux tyrans il ne faut que des soldats, des ers, des prisons et des bourreaux.

Tel est l'aspect hideux du despotisme qui a détruit le contrat social. Aussi, dans les états où le peuple ne se gouverne pas lui-même, quand vous voyez à la tête des rois ou des empereurs, ne cherchez pas le citoyen, il ne s'y trouve pas; vous n'y verrez que des individus pour lesquels la Patrie n'est qu'une immense prison gardée par un geôlier inexorable, qu'on appelle roi ou empereur.

II.

Les monarques sont des brigands couronnés.

Ils ne périssent pas sur l'échafaud comme ceux des grandes routes; étant privilégiés et inviolables, placés au-dessus des lois, ils commettent les crimes au nom du ciel, dont ils s'intitulent les lieutenants sur la terre.

Ils n'attendent pas la nuit pour leurs forfaits; ils n'habitent point les cavernes ni les bois, car les palais construits avec la sueur du peuple ne sont pas trop beaux pour eux; ils gaspillent votre travail à mesure que vous le faites; tout semble leur appartenir, car ils n'ont point de pudeur.

Ils doivent leurs succès à un excès d'audace, et pour réussir, ils ont payé des agents adroits destinés à travailler la foule débonnaire, accoutumée à souffrir sans se plaindre et à croire que *c'est arrivé*.

Ce train de choses, cette monstruosité évidente, dure depuis des siècles au grand scandale de la raison et de l'humanité. Ces canailles se succèdent dans leur poste, et les hommes ont continué à se laisser rançonner et maltraiter comme leurs aïeux, sans voir qu'il n'y avait aucune apparence d'ordre et de justice pour légaliser ce brigandage établi, il faut l'avouer, par la *superstition* et les *préjugés.*

Quant aux peuples qui passent sur la terre comme des voyageurs imprudents et sans défiance, ils sont étonnés de temps à autre de constater qu'ils sont *dépouillés, frappés à mort ou réduits en servitude.*

Cependant, de temps à autre, ces brigands de haute lignée ont payé de leur tête cette longue suite d'atrocités commises par eux ou en leur nom; mais ces châtiments ont été si rares, et l'attrait de ce brigandage si puissant, que le peuple trouve toujours des prétendants à ces fonctions méprisables pour tout honnête homme. (En ce moment il y a le parti Légitimiste, l'Orléaniste, le Bonapartiste. Méfiez-vous, citoyens.)

Nos pères furent grands quand ils détruisirent la royauté en 1792; il fallait que la mesure fût comble et débordât pour conseiller une pareille action, qui aurait dû être exécutée depuis longtemps. Malgré tous ces forfaits constatés, ces brigands eurent encore l'audace de se coaliser pour opposer ce qu'ils appellent rébellion du peuple à la justice.

Maintenant, regardez avec moi les cabinets de toutes les cours qui s'agitent en sens contraire à la révolution qui se propage chez toutes les nations. La lumière se fait, il ne doit plus y avoir d'accommodement entre le brigand et les voyageurs, il faut que ces canailles subissent la peine du talion.

N'est-ce pas un fait constant que les souverains ne voient pas d'un bon œil la révolution française? Nous aident-ils à chasser la hyène Guillaume, et Bismarck, ce chacal qui le suit?

N'est-ce pas avec peine que l'on constate que cette Allemagne, patrie de la science et de la philosophie, peuple frère et ami des Français, se voit mener à la boucherie, par des brigands de cette espèce, pour contenter quelques vanités de territoire, au grand détriment de la famille, du bien-être et de tout progrès social?...

Ne voyez-vous pas dans tous ces faits un vaste enseignement qui vous indique que, *fatalement*, il devra y avoir une lutte entre les rois et les nations? Cette lutte sera terrible, parce que l'instruction n'est pas assez répandue pour éclairer le citoyen sur ses droits et ses devoirs, mais elle sera efficace pour le bonheur des peuples.

Que chacun de vous apporte son intelligence et son zèle au service d'une cause aussi sacrée que celle de l'émancipation humaine; que chacun de vous n'oublie pas que les peuples sont frères, les tyrans nos ennemis, et que le peuple qui n'est *rien* doit être *tout*.

III.

La vérité est nécessaire au peuple; il faut l'instruire.

L'homme ayant pour but de rendre son existence heureuse, il ne peut y parvenir, si on ne lui montre pas les embûches sans nombre que lui créent les *préjugés* ou erreurs générales auquelles on tient sans vouloir y réfléchir, ni s'en défaire parce qu'on les croit une vérité.

La vérité, au contraire, ne peut lui nuire, car il faut qu'il sache ce qu'il doit aimer ou haïr, chercher ou fuir, éviter ou faire, etc. Il faut donc chasser sans pitié, les préjugés et surtout les *superstitions* qui représentent l'erreur déifiée.

Ces sottises, si étranges, existent dans chaque nation et dans chaque individu, et, chose curieuse, lorsqu'on les a détruites, on peut à peine se persuader qu'elles aient existé chez des hommes qui se disent pensants.

Ainsi, pendant des siècles entiers, on a vu le règne éclatant de l'astrologie ; dans beaucoup de pays, le préjugé des revenants existe encore, quelque ridicule qu'il soit. N'a-t-on pas vu et ne voit-on pas encore en France le préjugé de la noblesse, qui, cependant, a été détruit par un décret? On croyait que cette noblesse était quelque chose, quoique n'existant que dans l'imagination de ceux qui se croyaient nobles et de ceux qui avaient la bêtise de les croire nobles; au fond, *ce n'était rien, mais absolument rien du tout;* ne l'oubliez pas, c'est de la folie d'y croire et rien de plus.

Les préjugés naissent uniquement de l'ignorance et surtout de l'irréflexion; aussi conçoit-on facilement combien cette ignorance rend les nations et les individus quelquefois pusillanimes, quelquefois furibonds, presque toujours vicieux et toujours dépendants et malheureux.

Ainsi n'a-t-on pas voulu appeler les mahométants à conquérir leur liberté; c'était une utopie, parce qu'on les forçait à violer le précepte qui leur défend de s'instruire. — Ne voyez-vous pas aussi les soldats, poussés par la fausse gloire des conquêtes et l'obéissance aveugle à un tyran, être conduits à devenir les propres destructeurs de leur Patrie, quand, au contraire, ils ne devraient jamais être que ses défenseurs?.... N'est-ce pas de l'actualité? Pourquoi alors obéir à un despote qui vous vend comme un troupeau à Sedan, qui sacrifie votre existence à son propre orgueil, à ses caprices les plus fantasques et à ses méprisables passions?

Quoique l'empire des préjugés s'altère de jour en jour, vous rencontrez certaines personnes, même instruites, mais sans jugement, qui vous soutiendront de bonne foi qu'il est nécessaire que plusieurs préjugés existent. Je leur demande où l'on s'arrêtera; car si un tel veut conserver un préjugé, tel autre en voudra deux, tel autre trois, et ainsi de suite : où sera donc la mesure?

Eh bien! je leur dis, moi : le plus grand, le plus absurde

et le plus sot des préjugés, c'est de croire qu'il en faut. C'est en un mot croire que pour rendre les hommes heureux en société, il faut *enchaîner la raison*. Quant à moi, je n'en veux aucun. Les hommes ne seront jamais vertueux, bons et heureux que lorsqu'ils seront dépouillés de tous les préjugés sans exception et lorsqu'ils ne chercheront que la vérité, que l'exacte justice et l'observance des lois sociales.

Cependant, citoyens, j'en vois parmi vous qui viennent m'objecter que, ne voulant aucun préjugé, je n'ai point parlé des religions.

Ecoutez, il ne m'appartient pas de toucher à la liberté de conscience ; chacun fait à ce sujet ce qu'il entend faire ; on peut rendre un peuple heureux, comme je vous le montrerai plus loin, sans se préoccuper de ces fables.

Croyez, si vous voulez, aux révélations de Mahomet et de Moïse, aux trente incarnations du dieu Wisnou, au Lama, au Brama, au Confucius, à la création de la matière extraite de rien, à l'immortalité de l'âme, à la résurrection des corps et à tout ce que vous voudrez en pareille occurrence.

Il est certain que je vous conduirais trop loin si je voulais vous montrer toutes les absurdités monstrueuses qui, jusqu'à ce jour, ont dégradé l'homme en étouffant son intelligence et en comprimant sa raison.

Il faudrait, pour cela, enlever jusqu'au dernier bâillon de votre enfance, ne pas craindre la nudité morale dans laquelle je vous placerais quelque temps, car après vous seriez couvert du manteau de la saine philosophie.

J'aurai à les développer plus tard ces grandes questions, soyez-en sûr, je ferai tous mes efforts pour ne pas vous laisser croupir dans le limon fangeux des antiques mensonges.

IV.

L'indifférence en politique et les vanités méprisables sont pernicieuses au peuple.

Ces défauts considérables vont ensemble et sont certainement la caractéristique d'une classe de citoyens évidemment incapables, le plus souvent aisés, grâce à un égoïsme écrasant et une économie sordide.

Ils ont pour maxime : « *Curé qui voudra, je suis toujours du village ;* » comme si un bon curé n'est pas préférable à un mauvais.

Ils sont absolument concentrés dans leurs affaires; la plupart d'entre eux ont de la probité, laquelle ne tient pas toujours en face d'un gain même fort ordinaire.

S'il vous arrive de raconter un récit démontrant quelques sacrifices patriotiques, ils vous regardent stupidement, haussent les épaules; on dirait qu'ils ne connaissent point cette langue, et, après, ils ont l'ânerie de vous demander ce qui rentrera dans la poche de l'auteur du dévouement, comme si des actions de cette espèce peuvent se coter à *tant la livre.*

Ils sont égoïstes: ce n'est pas par système, détrompez-vous ; c'est tout simplement parce que leur cœur, comprimé dans les langes étroits de leur éducation et de leurs habitudes, n'a jamais pu trouver jour à se développer.

Les grandes passions, les sentiments élevés, tout ce qui suppose de l'énergie, de la force et une fierté d'âme leur est étranger. Comme des animaux ils se lèvent, boivent, mangent, se couchent, quelquefois font des enfants, bien entendu comme personne ne peut en faire, car ce rejeton doit être certainement plus gros que les autres ; quand il va en classe, c'est un petit génie, quoique n'ayant pas de succès au collége; on prétend qu'il y a injustice, que ses professeurs ne sont point capables. Cet enfant écrit bien, dessine bien, quoique ne sachant pas le français, l'arithmétique, l'histoire; est-ce une raison pour ne pas lui donner un prix de narration?

Comme il a une bonne conduite, que c'est un bon parti, il fait l'admiration des mères pour caser leur fille; il suffit qu'il fasse comme son papa pour rendre une fille heureuse. Le dimanche, après la messe ou les vêpres, ils iront se promener ; le soir on jouera au loto et certainement il fera tous ses efforts pour imiter son papa ! ! !

Vous le voyez, citoyens bien pensants, ces gens sont casaniers par couardise ou par défaut d'émulation; l'ensemble leur échappe presque toujours, ils ne voient que le présent, leur vue est trop courte pour pénétrer les profondeurs de l'avenir.

Grâce à leur indifférence en politique, pour avoir la paix comme ils le disent, ils ont été, par leur imprévoyance, la cause de nombreuses révolutions, et si le tumulte augmente, semblables au rat de la fable, qui, tapi au beau milieu d'un fromage de Hollande, grignotte en paix, tandis que tout est guerre autour de lui, ils ne se hasardent à sortir et voir de quel côté le vent vient que le jour où tout bruit a cessé.

En temps de paix, ce type brigue les honneurs ; on le voit faire des démarches et des sacrifices pour obtenir un grade qui lui permettra d'avoir la gloire d'être peint en épaulettes sur la tabatière ou sur le bracelet de sa chaste moitié.

Il va même jusqu'à se faire photographier, ayant son fils à côté de lui, habillé en collégien.

Cet individu n'est point démocrate, il s'en faut; il ignore au juste ce qu'il est, jamais il ne s'est avisé d'avoir un avis à lui, il s'est toujours rangé prudemment du côté de la grande majorité. Comme le mouton, il quitte rarement le gros bétail, et aussi comme les moutons, il tient à l'autorité d'un seul; rien ne saurait les détacher de leur berger, qui pourtant les tond de si près qu'il les écorche et les vend au boucher quand ils sont gras, ou encore les jugule pour sa cuisine; mais des moutons sans berger seraient bien embarrassés d'eux-mêmes et ne sauraient que faire de leur liberté.

Je crois que cette catégorie d'individus, sur l'échelle des êtres, devrait prendre place entre l'homme et l'âne; ils ont la nuance qui sert de passage, car si ils ont les allures de l'homme, lorsqu'ils s'essayent à la pensée ils retombent dans l'âne.

Alors, citoyens, méfiez-vous de leurs maximes !....

V.

La liberté est le premier des droits de l'homme.

C'est une puissance vivante qu'on sent en soi et autour de soi, c'est le germe protecteur de la famille et la garantie des droits sociaux.

Elle consiste à faire ce que l'on veut, à la condition de ne pas être nuisible à autrui.

Les peuples qui ne se gouvernent pas eux-mêmes, comme cela existe en république, ne sont pas libres.

En effet :

Quand ce n'est pas le peuple qui impose ses lois, son industrie, son travail, il n'est pas libre.

Quand ce n'est pas le peuple qui peut disposer de sa fortune et de ses enfants pour faire la guerre, il n'est pas libre.

Quand le peuple, à l'instar des castors, des oiseaux, des insectes et autres animaux, n'a pas le droit de s'assembler pour faire en commun ce qu'aucun d'eux ne pourrait faire seul, et pouvoir traiter ses intérêts, ses droits afin de soulager ses maux, il n'est pas libre.

Quand le peuple n'a pas le droit de dire et d'écrire sa pensée sans encourir la prison ou le bagne si cette pensée écrite fait peur aux despotes, il n'est pas libre.

Quand le peuple, en se couchant le soir, peut voir violer son domicile, fouiller ses papiers, être arraché du sein de sa famille pour être jeté au fond d'un cachot, parce que le pouvoir, dans sa peur, se défiera de lui, il n'est pas libre.

Il n'est devenu libre qu'avec du courage, de la persévérance, des sacrifices et des souffrances qui l'ont forcé à s'affranchir de toutes ces servitudes.

Que feraient donc ces oppresseurs des nations s'ils étaient abandonnés à eux-mêmes, s'ils n'avaient d'aides que ceux qui aiment la servitude ? Que serait-ce que ce petit nombre contre les peuples ?

Réveillez-vous donc, citoyens endormis !...

Combattre pour la liberté, c'est combattre pour une cause sainte.

Ne souffrez plus que des tyrans viennent dans chaque famille prendre les enfants les plus robustes, leur donner des armes et les faire combattre contre leurs pères et leurs frères en leur persuadant que c'est une action glorieuse de faire la chasse à l'homme.

Ne souffrez plus que des tyrans viennent détruire vos maisons, brûler vos récoltes, prendre votre travail, voler votre industrie pour satisfaire une vaine gloire.

Cependant, il faut combattre avec *la raison contre l'ignorance :*

Pour établir la justice, la sainte cause des peuples et les droits sacrés du genre humain ;

Pour délivrer nos frères de l'oppression, briser leurs chaînes et les chaînes du monde ;

Pour chasser les tyrans qui foulent aux pieds la liberté, le pain de l'âme;

Pour que nos pères, nos mères n'aient point à maudire le jour où un fils leur est né;

Pour que l'épouse et la sœur ne regardent plus en pleurant l'époux et le frère qui part et qui ne reviendra plus;

Pour que chacun mange en paix le fruit de son travail, que ce travail soit assez lucratif afin de ne pas avoir à sécher les larmes des petits enfants qui demandent du pain et auxquels on répond : il n'y en a plus;

Pour que le pauvre, l'aveugle, le paralytique et autres frères incapables de travailler fassent le voyage de la vie sans trouver des bêtes féroces dans leurs semblables;

Pour tout ce qui est beau, grand et divin, en un mot, pour affranchir de la tyrannie la conscience humaine, seule religion universelle émanant de Dieu.

CHAPITRE II.

DES GOUVERNEMENTS.

Tout Gouvernement représente l'exercice de la puissance exécutive.

I.

Il est dit *Aristocratique* quand cette puissance appartient *aux grands*; c'est celui où l'autorité est exercée par une seule classe d'hommes à l'exclusion de tous les autres.

C'est dans cette espèce de gouvernement que, le pouvoir, les honneurs, les priviléges devenant héréditaires, le peuple entier se trouve soumis à quelques familles dont les membres apportent en naissant le droit de gouverner.

Par cette puissance héréditaire, transmise avec les biens aux enfants, on vit des rois, des sénateurs, des évêques qui n'avaient pas vingt ans. Ainsi s'établirent les distinctions, ainsi s'établirent les nobles et les rois, c'est-à-dire des monstres toujours prêts à dévorer les peuples et dans la gueule desquels l'ignorance et la superstition les jetèrent tour à tour pendant une longue suite de siècles.

Cette forme apprit donc aux hommes à créer entre eux des distinctions, source funeste de corruptions des sociétés et la ruine des peuples.

* * *

Un gouvernement est dit *Monarchique* lorsque la puissance se trouve entre les mains d'une seule personne qui a le droit d'en disposer selon les lois.

Ce gouvernement est presque toujours aristocratique, le plus souvent héréditaire, et, par cela seul, il constitue un danger, attendu que tous les fils ne ressemblent pas à leurs pères comme vertu, honorabilité et valeur intellectuelle.

Les rois voulant être absolus et se servir de la force, on vit le peuple repousser leur maître par cette même force ; de là les révolutions qui toujours amenèrent des changements utiles pour la félicité des peuples. — Mais, hélas ! les tyrans oublièrent trop vite que cette puissance leur venait de l'amour des peuples et voulurent, quand même, être méchants à leur gré, sans cesser d'être maîtres. De là la conséquence fatale que tout devint odieux au peuple, qui préféra tout renverser et remplacer la monarchie, le despotisme et la tyrannie par le gouvernement républicain.

« Un défaut *essentiel* et *inévitable,* dit J.-J. Rousseau, « qui mettra toujours le gouvernement monarchique au-dessous du républicain, est que dans celui-ci, la voix publique « n'élève presque jamais aux premières places que des « hommes éclairés et capables, qui les remplissent avec « honneur ; au lieu que ceux qui parviennent dans les monarchies ne sont, le plus souvent, que de petits brouillons, « de petits fripons, de petits intrigants à qui les petits talents, qui font dans les cours parvenir aux grandes places, « ne servent qu'à montrer au public leur ineptie lorsqu'ils y « sont parvenus. Le peuple se trompe bien moins sur ce « choix que le prince, et un homme de vrai mérite est aussi « rare dans le ministère, qu'un sot à la tête d'un gouvernement républicain. »

* * *

On dit que le gouvernement est *Démocratique* ou *Républicain* quand le peuple, rentré en possession de son pouvoir, fait lui-même ses lois, son gouvernement.

C'est donc le gouvernement du pays par le pays.

La puissance exécutive, comme la puissance législative, se trouvent entre les mains de la Nation.

Ce gouvernement a pour mobile *la Vertu*, c'est-à-dire l'amour du bien pour le bien lui-même.

Pour base, *le Travail*, car les hommes étant égaux par la naissance, il faut pour qu'ils puissent réussir, qu'ils produisent, et pour produire il faut travailler. La propriété ou le capital représentant alors du travail accumulé, tout citoyen pourra en jouir en paix avec sa famille, et trouver dans la loi aide et protection.

Pour principe, *la Liberté*, *l'Égalité* et *la Fraternité.*

La liberté consiste dans le droit de tout faire, à condition de ne pas être nuisible à autrui.

L'égalité consiste en ce que la loi doit être la même pour tous, soit qu'elle protége, soit qu'elle punisse.

La fraternité consiste à ne faire jamais à autrui ce que vous ne voudriez pas qui vous fût fait.

Pour règle, la *Justice.*

Voici cependant ce que vous avez conquis, citoyens, après une longue suite de siècles et de souffrances ; voulez-vous encore perdre votre conquête ?

Non, mille fois non !

Préférons la mort !

***

Vouloir discuter sur les autres formes de gouvernement, entre autres du *gouvernement Parlementaire*, qui fonctionne en Angleterre, et qui, pour certains esprits, devrait marquer le passage entre la monarchie et la république, me paraît superflu.

Quant à moi, je considère qu'il faut être *Radical ;* point de demi-mesures. Une personne ayant mal aux dents, si la maladie a pour cause une ou plusieurs dents cariées, il faut être radical et les arracher, car les remèdes, tels que créosote, laudanum, chloroforme ou autres odontalgiques, calment pendant quelque temps, mais ne guérissent point. Il en est ainsi en politique ; depuis longtemps déjà on applique ce régime parlementaire, et l'on n'a jamais obtenu, comme résultat, que des révolutions à des époques presque fixées à l'avance.

Par le fait même que cette espèce de gouvernement est un mélange de principes monarchiques et républicains, *il ne vaut rien, absolument rien ;* le plus fort des pouvoirs détruit le plus faible, et le peuple qui est destiné à équilibrer ces pouvoirs en est toujours la victime.

Voyez si ce n'est pas en Angleterre où la classe des prolétaires est la plus malheureuse ?...

N'écoutez donc plus ceux qui disent que la République n'est pas mûre en France, comme si tout citoyen, en naissant, destiné à vivre en société, n'apportait pas avec lui le droit de l'homme et de l'humanité !...

Quelle tyrannique aberration de la part de ceux qui propagent une semblable maxime !...

II.

Rechercher dans la suite des temps l'origine des différents gouvernements que nous avons vu fonctionner et dont l'histoire fait mention, c'est incontestablement vouloir résoudre un problème, où l'esprit le plus philosophique donnera évidemment carrière à son imagination et à des conjectures en rapport avec la rectitude de son jugement.

Quoi qu'il en soit, nous allons l'aborder en suivant la marche de l'esprit humain et des sociétés dans l'établissement de leurs gouvernements ; pour cela, nous ne sortirons pas des lois naturelles aux êtres de notre espèce.

Les hommes ont toujours été gouvernés, ce qui n'est pas étrange, car si l'homme est le fruit d'une société où son enfance a reçu des secours et à laquelle ses besoins l'attachent à l'âge mûr, il fut au moins sous le gouvernement de son père.

Ce premier principe doit forcément être adopté, soit que l'on fasse remonter l'origine des hommes à Adam et Ève, absurdité démontrée par la science, soit, ce qui est plus rationnel, que le genre humain ait toujours existé, représenté par le perfectionnement des sauvages vivant en famille. On conçoit qu'il y eut toujours des sociétés (témoin les Peaux Rouges de l'Australie).

Dans tous les cas, il y eut une famille qui reconnut un chef ce qui nous explique les patriarches *Abraham*, *Jacob*, etc. — Cette famille devenue nombreuse, un seul homme ne suffit plus pour la gouverner. Le pouvoir, le respect, la soumission accordés au premier dut se partager entre ceux qui lui succédèrent, par suite, s'altérer, s'affaiblir et s'anéantir tout à fait.

Des intérêts nouveaux, des besoins, des circonstances différentes produisirent des disputes, des guerres, des émigrations, des révolutions et firent naître des sociétés nouvelles. — D'autre part, des calamités générales, telles que la peste, la famine, les tremblements de terre, les éruptions volcaniques, etc., bannirent de leurs anciennes habitations ceux qui en étaient échappés.

Quel que fût le sort de ces sociétés, elles ne purent jamais oublier qu'auparavant elles avaient vécu sous un gouvernement quelconque, et c'est de l'un de ces points de départ exposés plus haut qu'il faut partir pour trouver la source des gouvernements actuels.

1° Au bout d'un certain temps, ces sociétés éparses devenues tranquilles songèrent à se créer un gouvernement et leurs yeux se portèrent sur les personnes qui leur avaient rendu le plus de bienfaits. La *Bonté* et l'*Utilité* firent probablement les premiers souverains; ainsi les *Osiris*, les *Hermès,* les *Triptolèmes*, qui furent les chefs et les guides des peuples sauvages et grossiers, doivent aux deux qualités *Bonté* et *Utilité* d'avoir été considérés comme les bienfaiteurs de l'humanité et placés au rang des dieux par les peuples primitifs.

2° Plus tard, les hommes, en butte à des entreprises violentes, à des invasions subites de la part des sociétés voisines se rapprochèrent pour se défendre. Alors, le choix de leurs chefs se porta sur ceux qu'ils jugèrent les plus aptes à les défendre.

La *Force* fut la première vertu comme étant la plus nécessaire. C'est ce qui nous explique les *Hercule,* les *Thésée* et presque tous les premiers héros que l'on nous dépeint dans leurs exploits étonnants comme doués d'une force extraordinaire, d'un courage invincible.

3° Enfin les peuples, étonnés par *la supériorité de Raison, de Talents, de Lumières*, sont subjugués par les hommes qui possèdent ces qualités qu'ils croient divines.

Ces législateurs des sociétés établirent l'ordre, expliquèrent les phénomènes qui les avaient frappés et dispersés, firent parler les dieux, créèrent les cultes, annoncèrent les oracles du ciel et mêlèrent souvent le prestige et l'imposture pour enchaîner leurs concitoyens à des superstitions et des préjugés si terribles à déraciner. Les *Orphée*, les *Minos,* les *Numa*, etc., furent des législateurs de cette espèce.

Ces rois, comme on le voit, frappaient l'imagination des peuples ignorants, et tous se trouvaient unis aux prêtres et prêtresses qui faisaient parler les dieux et interprétaient les augures ; de là l'union de la puissance gouvernementale à la puissance religieuse, et par suite la création de l'aristocratie ; car ces pouvoirs étaient héréditaires.

Cet état de choses existait quand apparut un grand génie qui s'appelait Jésu s lequel concourut à ramencr le polythéisme au monothéisme, prêcha une morale alors inconnue aux peuples, fit des adeptes, et par ses martyrs imposa ses doctrines.

Des rois et des puissants se convertirent à ces idées religieuses et s'unirent avec les prêtres qui créèrent le *droit divin* en leur faveur.

Par l'union de ces deux puissances naquirent le despotisme et la superstition, causes de dissentions intestines qui n'ont eu pour effet que de faire le malheur des peuples en les plongeant dans des guerres fratricides, comme les Croisades, les Vêpres siciliennes, la Saint-Barthélemy, la guerre de Trente-Ans, etc., etc.

Ces dissentions ont duré jusqu'à l'époque où on décréta la liberté des cultes, et ne cesseront absolument que du jour où l'on aura prononcé la séparation de l'Église avec l'État, c'est-à-dire quand on aura créé l'église libre dans l'état libre en supprimant le budget des cultes : ce qui sera d'ici peu, tranquillisez-vous, attendu que c'est le plus important, comme représentant la source de toutes les calamités qui ont pesé sur le genre humain depuis le commencement de la civilisation des peuples.

4° La conquête fut certainement la cause la plus évidente de l'établissement d'un grand nombre de gouvernements. Des brigands heureux, secondés par d'autres brigands, vinrent fondre à main armée sur des sociétés, prirent possession du sol, renversèrent le gouvernement et les lois existantes. Après avoir vaincu les chefs, ils se mirent à leur place, et les peuples tremblants, consternés, subirent le joug des conquérants. Ainsi s'établirent les empires de *Sésostris*, d'*Alexandre*, de *Clovis*, en France ; de *Guillaume le Neustrien* en Angleterre, etc., etc.— Mais, fait digne de remarque, c'est que, comme toujours, ils unirent leur puissance à la puissance religieuse, *source fatale* des maux de l'humanité.

Pendant l'évolution silente et si pénible de l'esprit humain, la science et les lumières se répandirent dans les masses ; chaque progrès était en quelque sorte marqué par un martyr. — Peu à peu les ténèbres disparurent, la philosophie apprit aux hommes quels étaient ses droits et ses devoirs, et un beau jour, le Peuple Français, voulant conquérir sa liberté, se rua sur les despotes de tout genre, et du coup cassa les reins à la royauté.

La France, seule en Europe, fière d'elle-même, libre pour la première fois, confia ses destinées à un vil ambitieux qui étrangla la liberté le 18 brumaire 1799, traîna nos tonnerres par toute la terre, mit tous les rois de l'Europe contre nous, qui, après Waterloo, restaurèrent notre belle France en nous imposant de nouveau un Tyran et en allant clouer sur un rocher désert, au milieu des mers, ce Napoléon qui expia durement sa gloire éphémère.

Après trente ans de tyrannie royale, la France, toujours la France, voulut encore reconquérir sa liberté, et ce fut le neveu du premier assassin, assassin lui-même, qui, le 2 décembre 1851, étrangla de nouveau cette belle liberté pour nous conduire à la capitulation de Sedan et aux malheurs qui nous écrasent momentanément; car désormais, j'ose l'espérer, citoyens, vous ne voudrez plus perdre ce qui vous a coûté tant de temps, tant d'argent, tant de sang à conquérir.

Peuple français, tes destinées sont entre tes mains ; tu es souverain, ne l'oublie plus ! ! ! . . . .

CHAPITRE III.

DES DROITS ET DES DEVOIRS DU CITOYEN.

Jusqu'alors, nous avons constaté que les deux plus grands fléaux de l'humanité, qui avaient arrêté l'essor de l'esprit humain, étaient incontestablement l'union intime des deux pouvoirs civil et religieux.

Les hommes plus ou moins opprimés, suivant les époques, en étaient arrivés à oublier, si non à perdre, jusqu'aux sentiments des droits que la nature leur avait donnés.

La science faite dans l'ombre détruisit peu à peu les bases des tyrans de l'humanité, et la lumière, en répandant ses bienfaisants rayons sur la société tout entière, créa l'émancipation humaine. Le XVIIIe et le XIXe siècle furent féconds en grands hommes, et de leurs écrits naquirent les immenses bienfaits destinés au bonheur de nos descendants.

Ce fut en Amérique pour la première fois, en 1776, que les moralistes, les philosophes les plus hardis, osèrent décréter et ériger en lois les droits de l'homme, comme devant servir de base à toute bonne constitution.

Quinze ans plus tard, la Révolution française ouvrait en Europe l'ère d'une grande régénération sociale. On voulut imiter les déclarations américaines avant même qu'elles fussent une institution; et comme l'homme ne vit point à l'état sauvage, on rechercha ses droits en société.

Lafayette, revenant d'Amérique, posa le premier la question, et aussitôt les hommes d'État d'alors, Bailly, Condorcet, Pétion, Mirabeau, etc., etc., se mirent aussitôt à la recherche de cet important problème.

Tous ces projets se ressentirent de l'état des choses et des esprits; il y avait tant à détruire et tant à édifier, tant de théories et si peu d'expérience, tant d'enivrement, d'illusions, et si peu de prévoyance des dangers! Il faut l'avouer, tout paraissait à nos ancêtres, beau, grand et pur dans la liberté!

Tous ces projets sont mis en discussion, et les bases sont établies sur la souveraineté nationale, l'égalité devant la loi, l'admissibilité de tous aux dignités et aux emplois publics, la liberté individuelle, la liberté de conscience, la liberté de parler, d'écrire, d'imprimer, *sauf à répondre des abus*, le vote libre, l'inviolabilité de la propriété, etc.

Tout n'était pas là cependant; il fallait établir les droits de la cité et de la société, ce que fit Robespierre en 1793. Voici quel était son point de départ : « Les droits de la cité vont avec ceux des citoyens, le salut du peuple est la suprême loi. » — « La société a le droit d'exiger que chaque citoyen contribue à la prospérité publique; il doit donc être instruit d'une profession utile, donc elle a le droit d'établir un mode d'éducation nationale. »

On y trouve encore ces axiomes : « Quand le gouvernement opprime le peuple, l'insurrection est le plus saint des devoirs. *Les hommes de tous les pays sont frères.* » — « Les rois, les aristocrates, les tyrans, quels qu'ils soient, sont des esclaves révoltés contre le souverain de la terre qui est *le Genre Humain*, et contre le législateur de l'univers qui est *la Nature.* »

DÉCLARATION DES DROITS DE L'HOMME.

Le 27 août 1791, en présence et sous les auspices de l'*Être suprême*, les représentants du peuple français, constitués en Assemblée nationale, considérant que l'ignorance, l'oubli ou le mépris des droits de l'homme sont les seules causes des malheurs publics et de la corruption des gouvernements, ont résolu d'exposer, dans une déclaration solennelle, les droits naturels, inaliénables et sacrés de l'homme, afin que cette déclaration, constamment présente à l'esprit de tous les membres du corps social, leur rappelle sans cesse leurs droits et leurs devoirs; afin que les actes du pouvoir législatif et ceux du pouvoir exécutif, pouvant être à chaque instant comparés avec le but de toute institution politique, en soient plus respectés; afin que les réclamations des citoyens, fondées désormais sur des principes simples et incontestables, tournent toujours au maintien de la constitution et au bonheur de tous.

L'Assemblée nationale reconnaît et déclare les droits suivants de l'homme et du citoyen :

I. — Les hommes naissent et demeurent libres et égaux en droit. Les distinctions sociales ne peuvent être fondées que sur l'utilité commune.

II. — Le but de toute société est la conservation des droits naturels et imprescriptibles de l'homme. Ces droits sont la liberté, la propriété, la sûreté et la résistance à l'oppression.

III. — Le principe de toute souveraineté réside essentiellement dans la nation; nul corps, nul individu ne peut exercer d'autorité qui n'en émane expressément.

IV. — La liberté consiste à pouvoir faire tout ce qui ne nuit pas à autrui : ainsi l'exercice des droits naturels de chaque homme n'a d'autres bornes que celles qui assurent aux autres membres de la société la jouissance de ces mêmes droits. Ces bornes ne peuvent être déterminées que par la loi.

V. — La loi n'a droit de défendre que les actions nuisibles à la société. Tout ce qui n'est pas défendu par la loi ne peut être empêché, et nul ne peut être contraint à faire ce qu'elle n'ordonne pas.

VI. — La loi est l'expression de la volonté nationale. — Tous les citoyens ont le droit de concourir personnellement, ou par leurs représentants, à sa formation. Elle doit être la même pour tous, soit qu'elle protége, soit qu'elle punisse. Tous les citoyens, étant égaux à ses yeux, sont également admissibles à toutes les dignités, places et emplois publics, selon leur capacité et sans autres distinctions que celles de leurs vertus et de leurs talents.

VII. — Nul homme ne peut être accusé, arrêté ni défendu que dans les cas déterminés par la loi et selon les formes qu'elle a prescrites. Ceux qui sollicitent, expédient, exécutent ou font exécuter des ordres arbitraires, doivent être punis; mais tout citoyen appelé ou saisi en vertu de la loi, doit obéir à l'instant; il se rend coupable par la résistance.

VIII. — La loi ne doit établir que des peines strictement et évidemment nécessaires, et nul ne peut être puni qu'en vertu d'une loi établie et promulguée antérieurement au délit et légalement appliquée.

IX. — Tout homme étant présumé innocent jusqu'à ce qu'il ait été déclaré coupable, s'il est jugé indispensable de l'arrêter, toute rigueur qui ne serait pas nécessaire de sa personne doit être sévèrement supprimée par la loi.

X. — Nul ne doit être inquiété pour ses opinions, même religieuses, pourvu que leurs manifestations ne troublent par l'ordre public établi par la loi.

XI. — La libre communication des pensées et des opinions est un des droits les plus précieux de l'homme ; tout citoyen peut donc parler, écrire, imprimer librement, sauf à répondre de l'abus de cette liberté dans les cas déterminés par la loi.

XII. — La garantie des droits de l'homme et du citoyen nécessite une force publique ; cette force est donc constituée pour l'intérêt de tous, et non pour l'utilité particulière de ceux auxquels elle est confiée.

XIII. — Pour l'entretien de la force publique et pour les dépenses d'administration une contribution commune est indispensable; elle doit être également répartie entre tous les citoyens, en raison de leurs facultés.

XIV. — Tous les citoyens ont le droit de constater, par eux-mêmes ou par leurs représentants, la nécessité de la contribution publique, de la consentir librement, d'en suivre l'emploi, et d'en déterminer la quotité, l'assiette, le recouvrement et la durée.

XV. — La société a le droit de demander compte à tout agent public de son administration.

XVI. — Toute société dans laquelle la garantie des droits n'est pas assurée, ni la séparation des pouvoirs déterminée, n'a point de constitution.

XVII. — La propriété étant un droit inviolable et sacré, nul ne peut en être privé, si ce n'est lorsque la nécessité publique, légalement constatée, l'exige évidemment, et sous la condition d'une juste et préalable indemnité.

* * *

Cette proclamation des droits de l'homme et du citoyen impliquait aussi des devoirs qui furent proclamés en l'an III de la République.

DEVOIRS.

I. — La déclaration des droits contient les obligations des législateurs.

Le maintien de la société demande que ceux qui la composent remplissent également leurs devoirs.

II. — Tous les devoirs de l'homme et du citoyen dérivent de ces principes, gravés par la Nature dans tous les cœurs :

« Ne faites pas à autrui ce que vous ne voudriez pas qu'on vous fît. »

« Faites constamment aux autres le bien que vous voudriez en recevoir. »

III. — Les obligations de chacun envers la société consistent à la défendre, à la servir, à vivre soumis aux lois, et à respecter ceux qui en sont les organes.

IV. — Nul n'est bon citoyen s'il n'est bon fils, bon frère, bon ami, bon époux.

V. — Nul n'est homme de bien, s'il n'est franchement et religieusement observateur des lois.

VI. — Celui qui viole ouvertement les lois, les élude par ruse ou par adresse, blesse les intérêts de tous ; il se rend indigne de leur bienveillance et de leur estime.

VII. — C'est sur le maintien des propriétés que reposent la

culture des terres, toutes les productions, tout moyen de travail et tout l'ordre social.

VIII. — Tout citoyen doit ses services à la Patrie et au maintien de la liberté, de l'égalité et de la propriété toutes les fois que la loi l'appelle à les défendre.

La révolution de 1848, en amenant la République, vit sa Constituante débuter par reconnaître les droits et les devoirs de l'homme ; établir pour principes la liberté, l'égalité et la fraternité, pour base la famille, le travail, la propriété et l'ordre public ; elle donna aide et protection au citoyen dans sa personne, sa famille, sa propriété, son travail et mit à la portée de chacun l'instruction indispensable à tous les hommes.

La révolution de 1848 nous a surtout donné le Suffrage universel, la plus belle conquête du siècle ; car il a fait disparaître en grande partie l'indifférence absolue en politique et se trouve être le moyen le plus efficace pour pondérer l'opinion publique et chasser toute tyrannie.

CHAPITRE IV.

—

DES RÉFORMES NÉCESSAIRES.

Nous voici arrivé à une question délicate, celle qui consiste à établir les principes sur lesquels notre nouvelle constitution devra se baser, et ensuite donner notre opinion sur les réformes à introduire, afin d'avoir un gouvernement Républicain qui, dans la suite des temps, ne pourra qu'amener des résultats utiles au bonheur des peuples.

Pour cela, je dois vous dire qu'il faut absolument adopter la *Politique Radicale*, celle qui n'accepte pas de demi-mesures.

La première et la plus importante de toutes les réformes à opérer, afin de ne plus rencontrer désormais d'obstacles à tout progrès, consiste dans la séparation complète, absolue de l'*Église avec l'État en supprimant le budget des cultes.* Les cultes seront libres dans l'État libre; quiconque usera du prêtre, du pasteur protestant ou du rabbin le payera comme il paye l'ouvrier, le médecin, l'avocat, etc., quand il en a besoin : rien de plus juste.

Les autres réformes devront avoir pour base : *le Suffrage Universel et la Décentralisation.*

Je dis sur le suffrage universel, parce qu'il appartient au Peuple de choisir ses directeurs, et sur la décentralisation parce que tel pays industriel ne doit pas être gouverné, au point de vue de ses besoins, comme tel pays agricole ou tel autre vinicole.

L'instruction étant la cause de tout bienfait, attendu que par l'instruction on moralise les masses, elle devra être répandue à profusion.

L'instruction primaire devra être *gratuite et obligatoire*, parce qu'en naissant l'enfant est citoyen, et comme il peut perdre ses parents, il faut qu'il trouve dans l'État un tuteur qui devra lui prêter aide et protection afin d'en faire plus tard un homme utile à la Patrie.

Les instituteurs seront salariés par l'État, et leur position sera relevée en rapport avec la *haute mission* qui leur est confiée. Il devra y avoir trois classes dont les appointements correspondront à 1,500 ; 1,800 et 2,400 francs.

Des écoles professionnelles seront créées et des concours ouverts dans chaque canton pour y recevoir les enfants du peuple comme boursiers ou demi-boursiers.

De même, il devra y avoir dans chaque chef-lieu de département des concours pour l'instruction secondaire et plus tard pour l'instruction supérieure.

Il ne devra plus exister *qu'une Chambre*, qui aura entre les mains les deux pouvoirs *Législatif* et *Exécutif*. Elle sera représentée par 750 membres élus par la Nation.

Une commission nommée par la Chambre et prise dans son sein sera chargée du pouvoir exécutif. Donc point de président de la République, et aucun des membres des anciennes familles régnantes ne pourra faire partie de la commission exécutive.

Il en sera de même des ministres ; ces personnages seront responsables de leurs actes et pourront être mis en accusation par la Chambre si elle le juge opportun.

Pour les départements, plus de préfets ni de sous-préfets.

Le Conseil général choisira dans son sein, toujours par le vote, *une commission exécutive responsable*, destinée à remplir les fonctions administratives du département qui incombaient aux préfets et sera directement en rapport avec le pouvoir central.

Elle sera composée d'autant de membres qu'il y a d'arrondissements.

Ils seront soldés, en rapport avec leurs fonctions.

Nous devons considérer cette réforme comme utile, attendu que personne ne peut mieux connaître les besoins d'un pays que ceux qui l'habitent depuis longtemps et qui ont toujours été en rapport avec les habitants.

Plus de conseillers d'arrondissement ; ils seront remplacés par un *Conseil cantonal* composé de tous les maires du canton.

Ce conseil siégera au chef-lieu de canton, s'occupera des besoins du canton et sera directement en rapport avec le Conseil général.

Les conseillers municipaux existeront comme autrefois ; seulement ils devront avoir des attributions plus considérables.

Les maires, les adjoints ainsi que tous les personnages publics seront élus par le Peuple.

Les percepteurs sont utiles pour recevoir l'impôt, mais on devra supprimer les receveurs généraux et particuliers, complétement inutiles et très-couteux à l'État. Ils seront remplacés par une succursale de la Banque de France au chef-lieu du département, laquelle ne recevra aucun émolument et rendra d'immenses services au pays par ses ressources financières.

Plus d'armée permanente; l'expérience vient de nous démontrer qu'elle est inutile. Cependant il faut des soldats pour défendre le pays contre l'invasion.

Pour cela nous ferons comme en Suisse. Tous les citoyens seront soldats; personne ne pourra se racheter. Chaque citoyen, pendant cinq ans consécutifs, sera tenu d'apprendre le maniement des armes pendant deux mois chaque année, soit au chef-lieu du département ou ailleurs, et ensuite rentrera dans ses foyers. Il pourra se voir appeler pour combattre jusqu'à l'âge de trente ans.

Un cadre d'officiers instructeurs sera entretenu par l'Etat; les Écoles polytechnique et Saint-Cyr existeront pour fournir des officiers instruits et capables.

Toutes les positions d'officiers seront accessibles à tout citoyen, et chacun ne s'obtiendra que par le vote des officiers du grade immédiatement inférieur. Ainsi les sergents-majors nommeront le sous-lieutenant ; les sous-lieutenants nommeront le lieutenant; les lieutenants, le capitaine, etc., excepté les généraux qui seront nommés par la Chambre des représentants du peuple.

Tout soldat sera libre de se marier quand il voudra.

Une garde nationale sédentaire, destinée à garder le pays, sera formée des hommes de trente à quarante-cinq ans et fonctionnera de la même manière pour la nomination des chefs.

Comme vous le voyez, citoyens, en procédant ainsi, la France sera l'expression la plus fidèle du gouvernement du pays par le pays; aucun pouvoir ne pourra être usurpé, les capacités se feront jour; toutes les positions seront accessibles au talent et non à la faveur comme autrefois, et les hommes occupant n'importe quelle position seront responsables de leurs actes.

De plus, on fera ainsi des économies énormes qui permettront de diminuer les impôts.

L'impôt ne devra porter que sur la propriété ou le capital, et afin d'empêcher l'accumulation trop considérable de la fortune dans une même main, on devra créer *l'impôt progressif.*

Ainsi, par exemple, si un père laisse à trois ou quatre enfants un capital de 30 ou de 40,000 francs, il devra être payé fort peu de droits de succession, tandis que relativement il devra en être perçu considérablement si ce père laisse 3 ou 4 millions. Ces droits devront donc être basés d'après une certaine progression croissante à déterminer.

Plus de patente, attendu que c'est un impôt injuste et mal réparti. Ainsi, un commerçant, un ouvrier, etc., en renom ne payait pas plus que ses mêmes confrères qui ne font point d'affaires. Au surplus, c'est une iniquité que de percevoir un impôt pour avoir le droit de travailler en exerçant une profession quelconque, comme si ce n'est pas par le travail que l'on rend des services à la société.

Plus de prestations en nature.

Il en est de même de l'octroi; plus d'impôts sur les boissons ou autres comestibles.

La justice devra être rendue gratuitement.

La République donnera asile aux étrangers bannis de leur patrie pour la cause de la liberté.

Un gouvernement établi sur ces bases jouira de toute la solidité dont les choses humaines sont susceptibles, car il procurera aux citoyens la justice, la sûreté, la liberté; l'intérêt de tous l'emportera sur l'intérêt particulier; la loi sera plus forte qu'aucune volonté particulière.

L'autorité sera la source des volontés de tous, et l'intérêt public se confondra avec celui des individus. Les forces de l'Etat agiront de concert ; elles seront dirigées vers le bonheur général et chacun sentira que le sien doit en résulter.

Alors, les citoyens soumis aux lois, la société sera constante et aura l'activité nécessaire pour sa conservation, et à sa tête, elle possédera des chefs éclairés dont le mobile des actions sera la Vertu.

RÉFLEXIONS.

Citoyens,

Par tout ce qui précède, vous voyez sans peine, je pense, que le gouvernement républicain est celui qui représente le mieux toute idée de progrès. Mais ne croyez pas que notre Constitution future ne sera pas sans défaut, ce serait une erreur. — Tout est perfectible sur la terre : nos premières maisons ne possédaient point le confortable que l'on y trouve maintenant ; la première machine à vapeur ne valait pas celles que nous fabriquons aujourd'hui ; mais le principe de la vapeur comme force motrice n'a point changé. Il en est ainsi pour la raison humaine : à force de souffrir de ses erreurs, l'homme devenu plus sage parvient à s'en guérir. Le malheur est le plus grand maître des hommes, car il les oblige tôt ou tard à rechercher dans la raison le remède à leurs ennuis. C'est justement à cause de cette longue suite d'atrocités commises par les despotes de tout genre que nous avons voulu nous affranchir.

En conséquence, pour en revenir à notre future Constitution, nous dirons que si nous ne pouvons pas nous flatter de faire une Constitution éternelle, nous devons chercher à y établir des *principes Éternels, Immuables;* alors, dans la suite des temps cette constitution, comme les machines à vapeur, recevra dans l'application de ses principes la perfectibilité dont elle sera susceptible.

Ne serait-ce pas de la vanité et une petitesse d'esprit, de la part de l'homme qui oserait prétendre que sa sagesse peut cimenter pour jamais l'édifice de vos gouvernements? Sa prévoyance, son expérience, sa raison, ne garantiront point ses œuvres contre les injures du temps, la fureur des passions qui pourra peut-être, ne l'espérons pas, rallumer le flambeau de la discorde. Rien n'est absolument stable, vos institutions, vos lois passeront ainsi que vous; même la terre qui soutient vos pas, a été, est et sera plus tard le jouet des révolutions de la Nature.

Toutes ces réflexions, destinées à montrer la petitesse de l'homme dans l'immensité des temps et d'espace, ne prouvent point qu'il ne doit pas améliorer son sort. Par sa volonté et sa persévérance, il doit affranchir sa pensée, et c'est ce qu'il a fait depuis qu'il a senti les premiers rayons de la liberté!

Réfléchissez, et vous verrez avec moi que, par la pensée, il est arrivé à dominer la matière brute et la matière vivante, et que seulement depuis cent ans il s'est fait plus de progrès dans l'humanité qu'il s'y en était fait depuis le commencement du monde.

Voyez, maintenant, les forces de la nature sont connues de l'homme; il transforme à son gré la lumière en chaleur, la chaleur en lumière, l'électricité en magnétisme, le magnétisme en électricité; toutes ces forces ne représentent plus pour lui que des mutations de mouvements.

L'histoire de la terre n'a plus rien de mystérieux pour lui;

il assiste à ses premiers âges ; reconstitue la population qu'elle a nourrie , assigne la date précise des transformations de la surface et va jusqu'à dresser l'acte de naissance des Pyrénées, des Alpes et autres grandes montagnes.

Son œil sonde l'Univers ; il donne une place à chaque astre, lui indique sa trajectoire et connaît la distance qui l'en sépare.

Par la chimie, il compose et décompose les corps , se rend compte de leur constitution et de leur formation dans la nature. Avec cette science, il pousse l'audace jusqu'à oser imiter le Créateur dans la formation des pierres les plus précieuses.

La lumière n'avait pas encore rencontré Niepce et Daguerre, la photographie n'était pas née.

L'électricité, un jouet autrefois, entre les mains de Volta, Œrsted, Ampère, etc., a été appliquée au transport des idées de l'homme ; la télégraphie électrique était inconnue.

La vapeur n'était pas encore appliquée comme force motrice, et nos industries mécaniques ne possédaient pas ces machines-outils, semblables aux monstres de la Fable, destinées à travailler les métaux.

Dans le monde vivant, la zoologie et la botanique n'avaient pas encore trouvé un Cuvier, un Linné ni un Jussieu pour les classer méthodiquement, afin de rendre leur étude plus facile et plus générale.

L'art de guérir avec le microscope, l'anatomie pathologique, la physiologie, etc., a fait des progrès immenses.

Il restait à l'homme à porter sa pensée vers la conquête de la liberté absolue, source de tout bienfait, et d'affranchir la conscience humaine de toute tyranie. Avec cela, maintenant, l'homme marchera en avant, content de lui-même ; par ses connaissances , il parviendra à diminuer sa peine et à augmenter son bien-être (critérium de tout progrès). Par le travail, *suffisamment lucratif*, il chassera la Misère. Ne l'oubliez pas, le grand Victor Hugo a eu raison dans son bel ouvrage des *Misérables*, en vous démontrant que, pour sauver l'âme, il fallait avant tout sauver le corps, c'est-à-dire chasser la misère de l'humanité.

L'âme sauvée, la vertu devient naturellement le mobile des actions humaines, et ce problème ne sera efficacement résolu qu'en instruisant le peuple.

Alors seulement, Peuple, le *Géant Lumière*, remplaçant le fanfaron Fouquet, te dira avec raison : Viens, suis-moi. *Quò non ascendam?* où ne monterai-je pas?

A. LACÔTE,

Dr Médecin, à Dun-le-Palleteau (Creuse).

Paris-Imp. PAUL DUPONT, 41, rue Jean-Jacques-Rousseau. 4433

www.ingramcontent.com/pod-product-compliance
Ingram Content Group UK Ltd.
Pitfield, Milton Keynes, MK11 3LW, UK
UKHW021120230726
13926UKWH00002B/566

9 782013 596749